Gilles

Le redoutable
Marcus la Puce

Illustrations
de Pierre-André Derome

la courte échelle

Les éditions de la courte échelle inc.

Les éditions de la courte échelle inc.
5243, boul. Saint-Laurent
Montréal (Québec) H2T 1S4

Conception graphique:
Derome design inc.

Révision des textes:
Jean-Pierre Leroux

Dépôt légal, 1er trimestre 1995
Bibliothèque nationale du Québec

Données de catalogage avant publication (Canada)

Gauthier, Gilles, 1943-

   Le redoutable Marcus la Puce

   (Premier Roman; PR40)

   ISBN: 2-89021-232-7

   I. Derome, Pierre-André, 1952-.   II. Titre.   III. Collection.

PS8563.A858R42 1994   jC843'.54   C94-941458-1
PS9563.A858R42 1994
PZ23.G38Re 1994

Gilles Gauthier

Né en 1943, Gilles Gauthier a d'abord écrit du théâtre pour enfants: *On n'est pas des enfants d'école*, *Je suis un ours!* et *Comment devenir parfait en trois jours*. Ses pièces ont été présentées dans de nombreux festivals internationaux (Toronto, Lyon, Bruxelles, Berlin et Londres) et ont été traduites en langue anglaise.

Il a reçu, en 1989, un prix d'excellence de l'Association des consommateurs du Québec et le prix Alvine-Bélisle pour son roman *Ne touchez pas à ma Babouche*. Il a aussi obtenu, en 1992, le Prix du livre M. Christie et a été placé sur la liste d'honneur IBBY en 1994 pour son roman *Le gros problème du petit Marcus*. Plusieurs de ses titres ont aussi été traduits en espagnol, en anglais, en grec et en chinois.

Le redoutable Marcus la Puce est le dixième roman qu'il publie à la courte échelle.

Pierre-André Derome

Pierre-André Derome est né en 1952. Après ses études en design graphique, il a travaillé quelques années à l'ONF où il a conçu plusieurs affiches de films et illustré le diaporama *La chasse-galerie*. Par la suite, il a été directeur artistique pour une maison de graphisme publicitaire.

Depuis 1985, il collabore étroitement avec la courte échelle, puisque c'est son bureau, Derome design, qui signe la conception graphique des produits de la maison d'édition.

Le redoutable Marcus la Puce est le septième roman qu'il illustre. Et ce n'est sûrement pas le dernier.

Gilles Gauthier

Le redoutable Marcus la Puce

Illustrations
de Pierre-André Derome

la courte échelle

1
Des ennuis pour Jenny

Depuis quelques jours, mes parents n'ont qu'une idée en tête: m'éloigner de Marcus la Puce. J'ai essayé de discuter avec eux, de les raisonner: rien à faire. Ils ont maintenant leur opinion sur mon ami Marcus et ils ne veulent plus en démordre.

Tout a commencé quand ils ont entendu parler de certains «exploits» de la Puce à l'école. Des exploits que j'avais miraculeusement réussi à garder loin de leurs oreilles jusque-là.

Maman a amorcé l'attaque en déterrant tout à coup une vieille histoire. Elle voulait savoir si Marcus avait réellement «emprunté» un jour des carottes à l'épicerie. Pour nourrir Mordicus, le cochon d'Inde de l'école.

Prise au dépourvu, j'ai défendu la Puce du mieux que j'ai pu.

J'ai expliqué que, dans l'esprit de Marcus, il ne s'agissait pas de vols. C'était juste des achats à crédit que la Puce avait l'intention de rembourser plus tard. J'ai aussi fait valoir que Marcus avait beaucoup vieilli depuis cette histoire.

Maman n'a pas semblé convaincue. Papa non plus. L'interrogatoire a continué le lendemain.

Papa était très étonné que je n'aie jamais parlé à la maison des «petits accrochages» de la

Puce avec Henriette. Ces «petits accrochages» avaient pourtant forcé le directeur à changer Marcus de classe.

Là encore, j'ai eu du mal à fournir une défense efficace.

J'ai mis en question l'enseignement d'Henriette, qui s'y prenait mal avec la Puce. Puis j'ai ajouté que Marcus travaillait bien depuis qu'il était dans la classe de Johanne.

Papa et maman m'ont paru songeurs. J'ai senti que le point culminant de l'enquête était pour bientôt.

Je ne me trompais pas. Ce soir, papa a finalement donné le grand coup. Il trouvait curieux que je n'aie encore jamais emmené mon ami Marcus à la maison. Et il m'a demandé si la

Puce avait eu un bras cassé récemment dans un accident d'auto.

Même si je devinais où papa voulait en venir, je savais que mentir ne me servirait à rien. Aussi j'ai répondu que c'était vrai.

Maman a aussitôt enchaîné. Elle m'a demandé s'il était également vrai que le père de Marcus était ivre au moment de l'accident.

J'ai compris que mon amitié pour la Puce était sérieusement menacée. Après un long silence, j'ai répondu oui à voix basse. Pour ajouter aussitôt, sur un ton assuré, que le père de Marcus avait cessé de boire. Tout allait bien maintenant.

Mes dernières paroles n'ont

pas eu l'effet escompté. Ni papa ni maman ne veulent croire que tout s'est subitement arrangé comme je le prétends. Et papa

m'a invitée à ne plus fréquenter Marcus pour un certain temps.

Depuis, plus de discussion possible. La brisure semble inévitable. Mes parents ont peur de la Puce et de son père. Ils craignent pour leur petite fille et ils veulent la protéger.

Même si, au fond, ils ne connaissent rien du vrai Marcus.

Même si papa lui-même a déjà conduit son auto après avoir pas mal bu...

2
Une dure rupture

Mes affaires vont mal, je vous le jure. En plus de la Puce, je vais devoir me passer de Mordicus maintenant! Tout ça, à cause de mes parents pour qui Marcus est devenu le diable en personne.

Roger, le directeur, m'a appelée à son bureau ce matin. Il m'a demandé de ne plus m'occuper de Mordicus, le cochon d'Inde de l'école. Il veut que Marcus en prenne soin seul à l'avenir.

Roger m'a expliqué que Mordicus est plus important pour Marcus qui n'a pas d'autre ami.

Vu que c'est vrai, je n'ai pas eu le choix et j'ai accepté.

Mais j'ai décidé de parler quand même à la Puce avant de retourner à la maison. Pour lui faire comprendre clairement ce qui arrive.

Cachée au fond de la classe où se trouve Mordicus, j'attends Marcus depuis dix minutes. Les élèves sont tous partis et j'ai hâte de le voir apparaître.

Je ne voudrais pas me faire prendre par Antoine, le concierge de l'école. Il ne faut pas non plus que je tarde trop. Sinon mes parents vont se douter de quelque chose.

Enfin! Marcus vient d'entrer. Il se dirige vers la cage de Mordicus. Je vais l'appeler sans me montrer.

— Marcus. Hé! Marcus.

Marcus a eu un peu peur en m'entendant, mais il a reconnu ma voix. Il s'avance vers ma cachette, l'air surpris.

— Es-tu folle, Jenny? Tu vas te faire attraper.

— Il faut que je te parle. Il faut que tu saches ce qui arrive.

— Je le sais très bien. Sors vite de ton trou et sauve-toi avant qu'Antoine te découvre.

— Écoute Marcus. Il faut que je t'explique. C'est à cause de mes parents si...

— Je sais. Je sais tout ça. Vite. Va-t'en. Antoine s'en vient!

Lorsque j'ai entendu la dernière phrase de Marcus, je suis retournée à toute vitesse dans ma cachette. Mais la Puce avait menti: il cherchait seulement à me faire peur pour que je m'en aille.

Les seuls bruits aux alentours étaient ceux de Mordicus qui faisait son jogging.

— Antoine n'arrive pas et il faut que tu m'écoutes.

— Je sais déjà tout ce que tu vas me raconter.

— Mes parents ne veulent plus que je te voie.

— Le directeur me l'a dit.

— Ils pensent que tu es un...

— ... un voleur. Je le sais.

— ... Et... et... ils ont entendu dire que ton père...

— ... boit.

Quand Marcus a prononcé ce mot, sa voix s'est étranglée dans sa gorge. J'ai vu ses yeux devenir humides en une seconde.

Marcus m'a tourné le dos et s'est dirigé vers la cage de Mordicus. Je l'ai suivi en cherchant à le rassurer.

— J'ai dit à mes parents qu'ils se trompaient, Marcus. Je leur ai dit que ton père avait arrêté de boire et que...

Sans se retourner, Marcus a laissé échapper un cri qui m'a clouée sur place.

— VA-T'EN, JENNY!

J'ai senti un malaise affreux me traverser tout le corps. Pendant un moment, je n'ai pu ouvrir la bouche. Puis j'ai tenté de continuer:

— J'ai dit à mes parents que ton père...

Marcus s'est tourné d'un seul coup. Il m'a regardée avec un air méchant que je ne lui avais encore jamais vu. Hors de lui, il m'a lancé violemment:

— MON PÈRE A RECOMMENCÉ À BOIRE... VA-T'EN, JENNY! VA-T'EN!

Devant cette terrible nouvelle, devant la figure de Marcus, je n'ai plus rien trouvé à dire. Je suis sortie de la classe, lentement, et je suis rentrée chez moi en pleurant.

La tête totalement vide... Le coeur affreusement lourd...

3
Où est la Puce?

Plus personne ne travaille à l'école. Tout le monde a la tête ailleurs. Tout le monde se demande où est passé Marcus.

Depuis que je l'ai quitté hier, on ne l'a plus revu. Sa mère a téléphoné chez nous. Les policiers sont venus à la maison et m'ont interrogée. Je leur ai dit ce que je savais.

En les écoutant parler avec mes parents, toutefois, j'en ai appris un peu plus. Le père de la Puce avait encore bu hier. C'est probablement pour ça que Marcus s'est enfui. On a retrouvé son sac d'école dans sa chambre.

Face à tout ce qui arrive, je ne sais plus quoi penser. À certains moments, je m'en veux, je me sens coupable. Je me dis que j'aurais dû réagir autrement quand Marcus m'a appris que son père s'était remis à boire.

À d'autres moments, je me dis que ça n'aurait rien changé de toute façon. Le père de Marcus était encore soûl. Marcus se serait enfui quand même.

Mais ce qui me tracasse le plus, c'est la disparition de Marcus. Plus j'y pense, plus je panique. Quand je ferme les yeux deux secondes, j'imagine les pires scénarios.

Je vois Marcus sur un pont, qui fixe l'eau bouillonnante en bas. Je le vois le long d'une autoroute, frôlé par des camions énormes qui roulent à des vitesses folles.

Je sais que c'est stupide, ces idées, et que je ne devrais pas

penser à ça. Mais quand je revois dans ma tête Marcus me criant de partir... Quand je revois sa figure, je me dis que...

Tout est possible, même le pire...

Marcus est tellement seul. Il doit se sentir tellement impuissant devant le problème de son père.

Pourquoi mes parents ne font-ils pas la différence entre un petit vaurien et un enfant archimalheureux?

4
Aide-moi, Mordicus!

Le directeur m'a demandé de m'occuper de Mordicus aujourd'hui, vu que Marcus n'est pas là. Vous pensez bien que j'ai dit oui tout de suite.

Près de Mordicus, je vais avoir l'impression de retrouver déjà un petit peu de Marcus.

Me voilà donc devant Mordicus, le seul ami qui restait à la Puce. Cependant, une chose me dérange. Mordicus ne paraît pas affecté une miette par la disparition de son soigneur. Il semble même étrangement en forme.

Il n'arrête pas de manger

depuis que je suis entrée. Quand il fait une pause, c'est pour me jeter un coup d'oeil en coin. Et il a l'air de ricaner.

Je n'apprécie pas du tout de le voir s'amuser ainsi. Alors qu'on ne sait même pas si Marcus est encore vi...

J'aurais le goût de prendre Mordicus par le cou et de lui dire ma façon de penser. J'aurais le goût de lui crier qu'il n'est qu'une grosse touffe de poils ingrate et imbécile. J'aurais le goût de...

C'est bizarre... On dirait que Mordicus a lu dans mes pensées. Il vient de me faire un petit non de la tête. On dirait qu'il cherche à me faire comprendre quelque chose.

Ça y est! Je crois que j'ai compris! J'ai compris pourquoi Mordicus ne semble pas s'en faire. Il sait que Marcus va bien. Il le sait parce que Marcus lui a parlé hier.

Mordicus est le dernier à avoir vu Marcus après mon départ. Je suis convaincue que la Puce lui a fait des confidences.

Marcus jase toujours avec Mordicus pendant qu'il en prend soin. Il a parlé à Mordicus avant de quitter l'école. J'ai même une bonne idée de ce qu'il lui a confié.

À force de scruter le regard de Mordicus, j'ai eu l'impression de l'entendre. Je ne l'ai pas entendu pour de vrai, c'est sûr. Je sais que les cochons d'Inde ne parlent pas, je ne suis pas folle. Mais je l'ai entendu dans ma tête.

Quand Mordicus a fini son festin, il s'est essuyé longuement les pattes avec sa langue. Puis il a levé les yeux vers moi. Et ses deux petites billes brunes m'ont répété les paroles que Marcus lui a dites.

«Tu sais, Mordicus. Ce n'est pas parce que j'en veux à Jenny que j'ai crié après elle. C'est parce que j'étais trop triste et que je ne voulais plus lui faire de peine.

«Mon père s'est remis à boire, Mordicus. Et même si Jenny et toi, vous êtes mes meilleurs amis, vous ne pouvez rien faire pour lui. Aussi j'ai décidé d'agir.

«Si je disparais un bout de temps, peut-être que mon père va se ressaisir... Peut-être qu'il

aura peur de me perdre et qu'il arrêtera de boire pour de bon...

«S'il m'aime un peu lui aussi...»

— C'est ce que Marcus t'a dit, hein, Mordicus? Et c'est pour ça que tu n'as pas l'air énervé. Tu sais que Marcus est vivant et qu'il va bientôt revenir. C'est pour ça que tu ne t'en fais pas, hein, Mordicus?

Dis-le-moi que c'est pour ça...

5
Le grand mal d'une Puce

— Approche pas où je te la lance dans la figure.

— Calme-toi, Marcus. Sois raisonnable.

— Je suis sérieux, Antoine. Si tu fais encore un pas, je te lance cette bouteille-là en pleine face.

— Ça va, ça va, Marcus. Je reste ici. Je ne bouge plus.

Je n'en crois pas mes oreilles. Antoine, le concierge, vient juste de découvrir Marcus. Il était caché dans la pièce où est rangé l'équipement pour les cours d'éducation physique.

Je finissais de nettoyer la cage

de Mordicus quand j'ai entendu tout à coup:

— Approche pas!

C'était la voix de Marcus.

Heureuse comme une folle, j'ai couru jusqu'à la porte de la pièce et... j'ai eu une mauvaise surprise.

Marcus est debout sur une pile de matelas d'éducation physique. Il y a des bouteilles de bière autour de lui. Il en tient une dans ses mains. Il a les jambes molles et parle difficilement. C'est clair qu'il a bu.

Antoine est à quelques mètres de Marcus. Il n'ose plus avancer depuis que Marcus l'a menacé avec sa bouteille. Il cherche à calmer la Puce.

Ni l'un ni l'autre ne m'a vue. Je crois que je fais mieux de ne

pas me montrer tout de suite.
Pour permettre à Antoine de raisonner la Puce.

— Tu n'as pas à avoir peur,
Marcus. Personne n'a l'intention

de te punir pour ce que tu as fait. Tout le monde te cherche et est inquiet.

— Ah oui!... Tu peux en être sûr... Tu peux être sûr que tout le monde s'intéresse à moi...

— C'est vrai, Marcus. Tes parents, tes amis, tout le monde...

— Tu peux être sûr que mon père me cherche. Il n'est même pas capable de se tenir sur ses jambes. Il me cherche au fond d'une bouteille, je suppose...

— Ta mère est morte d'inquiétude, Marcus. Il faut qu'on l'avertisse, qu'on lui...

— Je lui avais dit que ça ne durerait pas. Je savais qu'il recommencerait à boire. Maman est trop bonne. Elle écoutait le bonhomme avec ses promesses. Elle le croyait...

— Ton père a arrêté pendant trois mois, Marcus. Il a eu une rechute. Il ne faut pas...

— Ça doit faire vingt mille rechutes qu'il fait depuis que je suis né. Il serait temps qu'il se ramasse une fois pour toutes. Qu'il arrête de retomber...

Marcus titube. Il est pâle et tout dépeigné. Il ne doit pas avoir dormi de la nuit.

— Ce n'est pas facile d'arrêter pour de bon, tu sais, Marcus.

— Parce que c'est facile de vivre avec un père comme lui! Une espèce de... Des fois, j'aurais le goût de le... de le...

La figure de Marcus s'est durcie. Sa main tremble et il a un regard qui fait peur.

— Calme-toi, Marcus. Il faut te calmer. Je vais parler à ta mère et au directeur de l'école...

— Je ne veux pas les voir. Je ne veux plus voir personne. Tu m'entends, Antoine. Personne... Je veux juste qu'on me laisse tranquille... Je suis fatigué...

Marcus n'en peut plus. Il a baissé la main qui tient la bouteille. Des larmes énormes coulent sur son visage.

Antoine a fait un pas.

— Tu vas pouvoir te reposer maintenant, Marcus. Je vais t'aider. Comme je l'ai fait quand tu as eu des ennuis avec la bande de Steve.

— La différence, c'est que mon père ne s'appelle pas Steve. Tu ne pourras pas lui faire nettoyer la cage de Mordicus pour le punir. Mon père n'est pas un enfant.

— Je connais ton père plus que tu ne le penses.

— Tu n'as jamais vu mon père. Il n'est jamais venu à l'école. Tu dis n'importe quoi pour me convaincre. Tout ce que tu veux au fond, c'est que je rentre chez moi au plus vite. Et que je finisse d'embêter tout le monde...

— Non, Marcus. Si je te dis que je vais t'aider, c'est parce que c'est vrai.

— Et pourquoi je te croirais, toi, plus que les autres?...

— Parce que... Parce que moi aussi, j'ai déjà eu le problème de ton père... Et parce que j'ai réussi à m'en sortir.

Marcus s'est immobilisé. Il a cessé de parler et regarde Antoine avec méfiance.

Antoine hoche la tête en souriant.

— Oui! Moi aussi, j'ai bu, Marcus. Peut-être plus que ton père encore. Et vu que je m'en suis sorti, je sais que d'autres peuvent y arriver. Fais-moi confiance, Marcus. Je peux aider ton père.

Marcus a fermé les yeux. Il a lâché sa bouteille qui est tombée par terre et s'est brisée. Il vient d'éclater en sanglots.

Antoine a rejoint Marcus. Il l'entoure de ses bras immenses et le serre contre lui.

Une Puce pleure sur le coeur d'un géant...

6
La promesse

Il y a trois jours que je n'ai pas vu la Puce. Depuis qu'Antoine l'a retrouvé, Marcus est resté chez lui. Mais il revient à l'école aujourd'hui. Antoine me l'a dit.

Antoine est un concierge extraordinaire. Le jour où il a découvert la Puce, il s'est occupé de tout.

Il a téléphoné à la mère de Marcus pour lui dire que son garçon allait bien. Il a également appelé Roger, le directeur, qui est aussitôt accouru à l'école. Ils sont allés ensemble reconduire Marcus chez lui.

Avant d'appeler le directeur toutefois, Antoine m'a fait faire une promesse. Il m'a demandé de ne rien dévoiler de ce que j'avais vu et entendu à l'école. Il veut que cela reste entre Marcus, lui et moi. J'étais cent pour cent d'accord et j'ai promis de garder le secret.

J'ai senti à ce moment que Marcus était soulagé. Moi aussi, je l'étais. Je n'aurais pas aimé que mes parents apprennent tout sur le comportement de Marcus. Vu l'opinion qu'ils ont déjà de lui...

Les parents de la Puce semblent avoir bien réagi. Antoine m'a raconté que la mère de Marcus pleurait à chaudes larmes quand celui-ci est entré. Elle l'a longuement tenu dans ses bras.

Son père, lui, était mal à l'aise. Il osait à peine regarder en direction de la Puce. Il lui a finalement murmuré qu'il comprenait

son geste et qu'il était désolé.

J'ai hâte que les cours finissent pour pouvoir reparler à Marcus. Mes parents refusent que je le voie, mais je tiens à le voir quand même.

Ce ne doit pas être facile pour Marcus d'affronter toute l'école après ce qu'il a fait. Il a besoin de sentir que quelqu'un l'aime encore.

Sa meilleure amie sera là...

7
Deux A de plus!

Je ne sais pas s'il fait semblant, mais Marcus a l'air plutôt bien. Il n'arrête pas de siffloter en peignant la perruque de Mordicus. Il s'amuse avec sa fameuse brosse à dents transformée en brosse à poils. J'avoue que j'ai du mal à le suivre.

J'ai essayé de le faire parler, mais sans succès. Il m'a dit qu'il devait d'abord s'occuper de Mordicus qui avait dû s'ennuyer de lui. Il a même mis en doute les soins que j'ai donnés à «son» cochon d'Inde du Pérou pendant son absence.

À son air moqueur cependant, j'ai compris qu'il disait ça pour rire.

Mordicus, en tout cas, est fier de revoir Marcus. Il glouglouloute, il roucoule, il gazouille. S'il n'était pas si lourd, je crois qu'il se mettrait à voler dans sa cage.

Marcus aussi gazouille. Il imite chaque petit «chant» de Mordicus. J'ai hâte de savoir ce que cache ce drôle d'opéra.

Marcus vient de finir de pomponner son gros ténor. Il m'annonce qu'on s'en va au parc tous les deux. J'ai beau lui rappeler que je dois rentrer au plus tôt, il ne veut rien entendre.

Maintenant la Puce se fait aller en vrai fou dans la balançoire près de la mienne. J'ai l'impression que lui aussi a le goût

de s'envoler dans le ciel.

— Alors, Marcus, tu m'expliques ce qui se passe? Mes parents vont être fâchés. Je ne peux pas rester ici indéfiniment.

Marcus a souri et a pointé ses pieds en direction des nuages.

— Ce qui se passe, ma petite fille, c'est que j'ai eu deux autres A.

Marcus m'a fait cette blague-là quand son père est entré chez les Alcooliques Anonymes, les AA. Son père y est sans doute retourné.

— Ton père a décidé de se faire aider de nouveau?

— Bien mieux que ça!

Je ne comprenais plus rien et je commençais à être impatiente de partir.

— Envoie, Marcus! Accouche!

Sinon je vais devoir rentrer sans rien savoir.

Marcus s'est donné un autre formidable élan, puis il a ajouté, tout fier:

— J'ai deux autres A... grâce à Antoine.

Devant les points d'interrogation dans mes yeux, Marcus a estimé que le suspense avait assez duré. Il a finalement déclaré:

— Antoine est dans les AA depuis dix ans. Il sera maintenant le parrain de mon père.

— Quoi? Le parrain de ton père? Comme dans les films sur la mafia?

Marcus a fait la moue.

— Mais non, la comique! Un parrain comme ton parrain. Quelqu'un qui s'occupe de toi quand ça va mal, quand ceux qui sont autour ne savent plus quoi faire.

— C'est extraordinaire, Marcus. Je n'en reviens pas. Je comprends que tu sois content.

Marcus a souri de toutes ses dents et s'est donné un dernier élan.

— Moi non plus, je n'en reviens pas. Et cette fois, Jenny, je sens que ça va marcher. Avec Antoine.

Fou de joie, Marcus a lâché les chaînes de la balançoire. Il a sauté loin en avant, les bras tendus comme les ailes d'un oiseau.

Pendant un moment, j'ai réellement eu l'impression qu'il flottait dans les airs. La Puce, dans le soleil, brillait comme un goéland.

Mais le goéland s'est posé sur une petite mare d'eau. Et la Puce s'est relevé, le chandail plein de boue.

8
Une merveilleuse erreur

La vie est drôlement faite. Parfois, c'est quand on se trompe qu'on réussit ses meilleurs coups.

Je n'avais pas l'intention de révéler à mes parents qu'Antoine avait déjà bu. Ce devait être un secret entre lui, Marcus et moi. Mais j'étais tellement heureuse de ce qui arrivait à la Puce, que j'ai parlé du parrain de son père. Et mes parents ont tout su.

Dès le lendemain, ils étaient dans le bureau de Roger, le directeur de l'école. C'est là que mon erreur s'est avérée une chance incroyable. Antoine m'a raconté.

Mes parents comprenaient mal qu'on ne leur ait pas parlé plus tôt de Marcus et de sa famille. Ils comprenaient mal aussi qu'on ait engagé un ex-alcoolique comme concierge dans une école.

Roger a d'abord essayé de défendre lui-même son point de vue. Mais comme mes parents ne changent pas facilement d'opinion, il a bientôt été à court d'arguments. C'est alors qu'il a eu la brillante idée de faire appel à Antoine.

Antoine ne parle pas souvent. Quand il parle cependant, il dit ce qu'il pense, sans détour.

Mes parents sont habitués

aux grands discours. Les gens qui viennent manger à la maison font souvent des phrases d'un mètre de long. Pourtant Antoine a réussi à les convaincre.

Pour moi, c'est un vrai miracle!

Mes parents semblent avoir enfin compris que c'est possible d'arrêter de boire pour de bon. Ils semblent aussi savoir maintenant que Marcus n'est pas un petit monstre.

J'ignore comment Antoine s'y est pris. Je sais seulement qu'il a beaucoup parlé de son comportement comme élève.

Antoine était un cas bien pire que Marcus, paraît-il. Vu sa taille, il était une véritable terreur.

Pendant toute sa jeunesse, il a

fait des folies. Il s'est promené d'une école à une autre. Il a eu affaire à la police. Il s'est même retrouvé dans une sorte de prison.

Pourtant, un jour, Antoine a réussi à changer. Il s'en est sorti avec l'aide d'un ami. Un ami qui, lui aussi, avait déjà eu de gros problèmes.

Antoine a été convaincant, car mes parents ont finalement décidé de me laisser souffler un peu. J'ai la permission de m'occuper de nouveau de Mordicus avec Marcus.

Mes parents ne veulent toujours pas que je joue avec la Puce après la classe. Mais il y a tout de même un bon pas de fait. Il faut leur laisser le temps. Peut-être qu'à la longue, ils vont voir que tout le monde n'est pas pareil.

On peut faire des folies un jour sans être un vaurien pour toujours.

On peut aussi être concierge et savoir réparer autre chose que des vitres cassées!

9
Une curieuse rechute!

Les choses vont bien pour Marcus ces temps-ci. Son père ne boit plus depuis un mois. Il a parlé à la Puce de son gros problème face à l'alcool. Il a expliqué qu'il devait lui-même s'en sortir.

Il a également parlé de sa récente rechute.

Aussi étrange que ça puisse paraître, Marcus dit que c'était une affaire d'écriture cette fois.

Le père de Marcus travaille dans une manufacture depuis une trentaine d'années. Il a tenté d'obtenir un poste mieux payé, mais il a échoué. Parce qu'il ne sait pas bien écrire, semble-t-il.

Complètement découragé, il a réagi comme d'habitude. Il s'est remis à boire. Jusqu'à ce qu'Antoine vienne à son secours.

Quand Marcus a appris ces faits-là, il a décidé de donner un grand coup en français. Pour que son père soit fier de lui.

La Puce dit que ses dictées ont de moins en moins de «taches de rougeur». Johanne a même lu devant sa classe une de ses compositions. Marcus y racontait l'histoire d'un pauvre cochon d'Inde qui devenait empereur du Pérou.

Tous les élèves se tordaient de rire, paraît-il. Et au dire de la Puce, Mordicus était très flatté de lui avoir servi de modèle.

Les choses vont donc vraiment bien par les temps qui courent. Tellement bien que mes parents ont accepté de faire encore un autre pas. Ils m'ont permis d'aller manger au restaurant ce midi avec Marcus.

Mais il y a un petit point dont je n'ai pas osé leur parler. Il y

aura un invité.

La Puce a insisté pour que Mordicus nous accompagne. J'ai eu beau essayer de le faire changer d'idée, je n'ai pas réussi. Marcus est assis à côté de moi au comptoir et Mordicus est dans son coupe-vent.

Jusqu'ici tout se déroule normalement. La serveuse ne soupçonne pas la présence du cochon d'Inde. De temps en temps, Marcus refile un bout de frite à Mordicus qui le gobe d'un seul coup.

Cependant, la Puce a commandé une crème glacée au chocolat pour dessert. Cela me fait un peu peur.

La serveuse vient de déposer l'énorme coupe devant Marcus qui a eu un sourire forcé. Il commence à avoir du mal à tenir Mordicus.

Le cochon a poussé un petit cri au moment où la fille allait repartir. Marcus a tenté de réparer la bévue en sifflotant très fort. Je crois que la serveuse le trouve bizarre.

Pour calmer Mordicus, la Puce essaie maintenant de lui glisser en douce des cuillerées de crème glacée. Mais, c'est loin d'être facile.

Chaque fois que Marcus tend sa cuillère, le cochon s'énerve. Il bouge les pattes dans toutes les directions. Une grosse partie de la crème glacée n'atteint pas l'objectif visé.

Le coupe-vent de la Puce ressemble à une peau de vache. Il est tout chocolaté. Et le brillant

Mordicus se débat de plus en plus.

Il vient de se dégager des mains de Marcus. Il court sur le comptoir vers le verre d'un monsieur qui ne le voit pas venir.

Oh non! Mordicus a renversé le verre! Le gros monsieur a failli avoir une syncope en se tournant.

Marcus s'excuse auprès de la serveuse. Il revient à toute allure avec le cochon d'Inde dégoulinant.

Pourtant malgré ses ennuis, Marcus semble avoir le fou rire. Il me tend Mordicus qui a une moustache de bière sous le nez.

— Un autre beau cas pour les AA!

Marcus me surprendra toujours!

Table des matières

Achevé d'imprimer
sur les presses de Litho Acme Inc.